모든
연(緣)
들에게

연청 지음

FOREST
WHALE

모든
연(緣)
들에게

연청 지음

FOREST
WHALE

목차

머리말이자 작은 메아리

색이 있는 작은 메아리가 될 수 있을지 생각하는 날들이 많았습니다.
다른 사람들은 모두 자신만의 색을 가지고 살아가는데, '나'라는 사람은 과연 색을 가지고 살아갈 수 있을까. 스스로 의문을 가지고 살아가는 날이 많았습니다.

열정의 빨간색, 침착함의 파란색, 따스함의 노란색, 신비로움의 보라색, 다양한 색을 띠며 살아가는 사람들이 많습니다. 그 안에서 난 정녕 어떤 색을 띠면서 살아가야 할지에 대해 생각했었던 긴 시간 속에서 약간의 정답을 알아냈지요.

'어떤' 특정한 색을, 원하는 색을 띠면서 살아가기보다, 내가 가장 빛날 수 있는 '색'을 찾고, 그 색을 띠면서 최대한 열심히 살아가자고. 바뀔 수 없다면 내가 소스라치게 놀라지 않게 적당히 위로해주며 '나'라는 사람과 살아가자고.

주위의 소중한 사람들에게, 보고 싶었던 그대들에게 위로를 해주는 게 좋았던 전, 어릴 적 가장 좋아했던 '파란색'과 가장 순수하다고 생각했던 '하얀색'을 섞어 마음속에 연청색을 띠며 살아가고 있는 것 같습니다. 가장 좋아하는 사람들에게 가장 순수하고 따뜻한 마음으로 선선하고, 가끔은 시원할 수도 있는 위로를 물들여주고 싶었거든요.

어쩌면 이 글을 쓰고 있는 지금, 전 이미 색이 있는 메아리가 되었는지도 모르겠습니다.

연청색으로 말이지요.

그대들에게 따뜻하게 다가갔으면 좋겠습니다, 제 글들이.
그리고 시원하게 불어갔으면 좋겠습니다, 연청색 바람이.

색이 있는 메아리가 이 세상의 모든 인연들에게, 닿길 기원합니다.
이 책을 읽는 지금의 당신을 포함한, 모든 연들에게.

어쩌면 인디언에게서도
배워야 할 게 있다

인디언들은 말을 타고 달려가다가 꼭 뒤를 돌아
본대요.
자신의 영혼이 잘 따라오고 있나 하고 말이에요.

누군가와의 레이스도 중요하지만,
가끔은 나 자신이
잘 따라오고 있는지도 확인해 봐야 할 때가 있는
것 같아요.

◇

아무리 앞만 보고 달려 나가도,
나 자신이 못 따라오고 있다면
그저 소용이 없으니까.

조급해하던 맘을 붙잡고 너를 안아 귓속말했다. 재빠르게 달려 나가는 경주를 말미암아 너를 놓아버리면 안 된다고. 눈을 똑바로 맞추고 말했던 그 찰나에, 너는 똑바로 알아들었을까. 이런 레이스를 해야만 하는 운명이 내던져진 세상에서 살아가고 있는 한쪽의 나뭇가지일 수도 있겠지만, 그럼에도 놓아버리는 건 허락되지 않는 일말의 양심은 있는 세상이라고. 너와 또 다른 네가 함께 발을 맞춰 나가야, 수긍할 수 있는 이 레이스에서 난 네가 널 잃지 않았으면 해서 말이야.

모든 연 들에게

인디언처럼 해보자, 우리. 앞서 말했던 '인디언'처럼 너도 그렇게 해보자, 너와 네가 스스로 맞춰 나가는 급할 것 없는 한밤중 새벽 산책처럼.

예쁜
순간은 별똥별이야

예쁜 순간은 참 별똥별 같이 지나가요.
'아차'하는 순간에 지나가지만,

저 어둠을 건너 별이 지나갔다는 건 알 수 있듯이
눈을 맞추고 있는 지금도, 별똥별이 되겠죠.

지금, 이 순간이 영원했으면 하지만
영원하다면 이 순간이 지금처럼 소중하진 않을
테니

모든 연 들에게

마주 잡고 있는 이 손을 바라보면서 빌어볼게요,
내일의 순간은 별똥별이 흘러넘쳐 은하수 같기를.

별똥별이 지나갔다.
"어?" 별똥별이 지나갔을 땐,
당신과 눈을 맞추고 있었다.

"사랑해."

극한 속
네잎클로버

◇

힘든 마음을 보여주는 것도 어렵지만,
무거운 짐으로 느껴질 수도 있는 마음을

함께 들어주는 모든 緣(연)들이
소중함을 알아야 함을.

캄캄한 하늘이 드리워도
참 다행이다.

함께임에.

모든 연 들에게

사방이 어두울 때가 있었어도, 항상 함께해 주던 사람들이 존재함에 눈을 치켜뜰 수가 있었다. 인연을 맺고 살아가는 것이 어쩌면 누군가에겐 부담일 수도 있겠지만, 가끔은 살아가는 이유가 되기도 한다는 걸. 안아줄 사람들이 있고, 안길 사람들이 있는 건 두려움에 얼었던 마음을 따스히 녹여주기도 했다. 걱정 없이 살 순 없어도, 함께, 무언가를 나누며 살아갈 수 있음은 사막에서 핀 네잎클로버처럼 극한의 행운임을. 오늘도 따스히 손에 쥐고 또 한 걸음 내디뎠다.

○☆◇△

수혈
받는 인생

◇

남의 인생을 수혈받지 말고,
남의 꿈을 본받을 이유가 없는걸요.

저 멀리 하늘로 홈런을 날릴 사람은
타인이 아니라 당신이란걸, 알고 가야 해요.

타인의 인생을 수혈받고, 타인의 삶을 대신해서 살아가고 싶지 않습니다. 타인의 꿈을 본받아서 제 삶에까지 물들이고 싶진 않습니다. 그저 성장의 발판으로 참고만 하는 것에서 그치고 싶습니다.

남들의 좋은 인생들을 빼다 박기보단, 그저 참고만 해서 세상에 비출 자신을 빚고 싶습니다. 소박하지만 가장 큰 제 꿈입니다. 이 글을 읽고 있는 당신들도 수혈이 느껴진다면 어서 주삿바늘을 빼시길, 그건 당신의 인생이 아님을.

나의

자존감에게

◇

조금은 늦은 고백이 너를 아프게 하기보단,
따뜻하게 안아줬으면 좋겠어.

항상 너를 의심하곤 했었지만,
결국 너를 보던 마음은 사랑으로
가득 차 있었음을.

모든 연 들에게

이제야 전할게, 두려워하지 말고 손잡아 줄래.

구석에서 혼자 울고 있던 자존감이 고개를 들어 나를 봤다.

너를 향한 사랑은 거짓이 아니었다, 너를 미워하긴 했어도 그게 정말 미움은 아니었어. 가끔은 애매해지던 너를 서럽게 쳐다보긴 했어도 함께 살아가던 너를 부정한 적은 단 한 번도 없었어. 너를 미워했던 것조차도 사랑이라고 표현한다면 사랑이라고 표현할 수 있을까, 너만 괜찮다면 이것 또한 사랑이라고 흐느끼면서 말해주고 싶어. 가끔은 너를 부정했고, 멀리했지만 안에서 살아가는 너의 눈물이 마음을 바다로 만들어버렸을 때, 깊게 잠겨 울고 있던 널 이제야 생각해냈다. 내가 만든 잠수함이 예쁘진 않고, 멋있지도 않았지만, 그래도 괜찮다면 이젠 같이 올라갈래?

넌 알고 보면 참 멋있는 아이였음을 노을 지는 하늘이라도 바라보면서 알려주고 싶어. 이젠 널 놓지 않을게, 늦은 고백이라도 네가 괜찮아야 한다면.

모든 연 들에게

이별을
대하는 태도

◇

이 우주의 궤도엔
그대가 있었는데,

어째 그대는 저 멀리 다른 우주로
여행을 떠났나 보오.

조금은 슬프지만

저 넓은 궤도에서도 행복하길 바라보겠소.

모든 이별을 슬픈 거라지만, 어쩔 수 없는 이별도 있대요. 상황에 따라서, 이별은 달라질 수도 있어요. 사람들은 다들 헤어지면 슬퍼하겠지만, 어쩔 수 없이 우리가 사랑하지 말아야 하는 거라면 슬퍼도 여행을 보내주듯이 아름다운 마음으로 보내줘야 하는 이별도 이 세상 어딘가엔 존재해야 하는 법이니까요. 모든 이별은 슬픈 거라지만, 꼭 모든 이별이 안 좋게 슬프지 않아도 돼요. 행복을 바라는 것도 좋은 태도일지도 몰라요. 그 궤도에서도 행복하길 바랄 수 있는 성숙한 사랑의 태도.

삐빅,
그 안에 사랑이 있었다

◇

단순해. 네 웃으면 나도 행복한 거고,

네가 울면 나도 슬픈 거야.

감정의 네트워크란,

끝없는 공유와 같다. 그 안에 사랑이 있고.

삐빅, 삐빅. "감정이 도착했어요!" 백만 년 전으로부터 감정 공유가 도착했다.

백만 년 전에 이런 행성엔 어떤 생명체들이 이런 아름다운 감정을 가지고 서로 공유했던 걸까. 감정이 없는 우린 이 생명체들을 연구하기로 했다. 그렇지만, 몇십 년을 연구해도 특정한 감정 하나만은 알아낼 수 없었다.

"이건 연구하길 포기해야 할 것 같아요."

웃고 슬프고, 아름다운 감정들을 모두 다 일컬어도 엿볼 수 없었던 단 하나의 큰 감정은 사랑이었다.

사랑함에 웃고 눈물을 흘릴 수 있었음을 연구로
는 알 수 없었던 거니까. 그만큼 고귀한 감정이었
음을 몰랐다.

○☆◇△

가장
아름다운 경계에 서 있는 그대에게

◇

참 아름다운 경계에 서 있다고 말해주고 싶다.

발을 헛디디면 밑으로 떨어질 수도 있겠지만,

그럼에도 하늘을 날아갈 애벌레는

나비가 되어 날아가는 꿈을 꾼다는걸.

모든 연 들에게

가장 아름다운 경계에 서 있는 그대여, 이 시기가 지나가면 날아갈 수 있을 거야. 날아갈 꿈을 서서히 놓아가고 있던 그대를 보면 응원해 주고 싶었어. 아픈 시간들이 있겠지만, 그대의 미래를 스스로 만들어가고, 고민할 수 있는 지금 이 시기의 경계를 넘어가면 조금은 더 따뜻한 봄바람 속에서 날갯짓을 할 수 있을지도 몰라. 더 괜찮을 거라고 말해줄게, 하얗고 파랗게 피어날 꿈을 가진 그대는 개화하듯 아름답게 날개를 펼칠 수 있을 거야. 함께 느끼자, 더 따뜻한 바람을. 더 따뜻한 그대를.

만약의
오늘의 이별

◇

네가 없는 하루를 나 혼자 쓰기엔

꽤나 긴 시간임을 이제야 알았다.

미안했다,

미안하다.

모든 연 들에게

함께 보내던 시간을 혼자서 보내게 된다면 시간이 두 배로 더디게 간다는 말을 들은 적이 있다. 함께 시간을 보내는 게 평범한 일상이었지만, 평범하던 일상이 없어졌다는 슬픈 사실은 당신을 아프게 하겠지. 그렇지만 이미 떠나간 인연은 쉽게 돌아오지 않는 걸 당신도 알고 있듯이, 어쩔 수 없는 마음으로 떠나간 상대를 놔주는 게 더 나을지도 몰라. 미안했던 것이 있다면 원망하기보다 미안한 마음을 지금이라도 가지는 것도 더 나을지도 모르겠네. 고생했다, 당신의 이별. 수고했어, 당신의 사랑. 아프더라도 아프지 말고, 외롭더라도 외롭지 말고, 오늘은 잘 자는 게 가장 좋은 약일지도 몰라. 잘 자.

뭐,
너의 그 사랑도

◇

힘든 상황이 오면 소중한 사람을 놓는 게 아니라,
더 세게 꽉 쥐고 있어야 하는 게 맞는데

세상엔 그걸 모르는 사람들이
참 많다.

내일이 오면 후회할 사람들도

참 많겠구나.

모든 연들에게

힘이 들 때 가장 많이 끊은 끈이 '소중한 사람'인 사람들은 항상 말하곤 했다. "너무 힘이 들어 사랑을 이어 나갈 자신이 없어요." 사랑을 하는데 누가 노력이 필요하다 했던가, 누가 힘을 세게 주라고 했나, 결국 힘이 들어 쓰러질 때면 가까운 옆에서 손을 먼저 내밀어 줄 사람은 그 사람일 텐데 그 끈을 가장 먼저 끊어버린 사람들은 오늘이 지나고도 내일의 후회에서 살게 되지 않을까. 힘듦을 핑계로 사랑을 저버린 사람은 떠올리지도 말자. 알아서들 편히 잘 살아가겠지 뭐, 너의 그 사람도.

줄타기 같은
인간관계에 관해

◇

함께 할 사람들은 결국 정해져 있음을,
미처 몰랐었던 과거의 나에게.

사람들은 변하지 않겠지만,
그래도 네가 상처받을 이유는 하나도 없다고,

모든 연 들에게

결국 시간이 흘러도 함께 할 사람들은 애초부터 정해져 있다는걸. 어렴풋하게 그리고 애매하게 흔들리는 인간관계들의 줄타기에서 겁낼 필요가 없음을,

그 어떤 과거로 돌아가 어제에 살고 있는 나에게 말해주고 싶다. 그 줄타기에서 떨어져도 무릎에 조금의 상처만 날뿐, 그 누구도 너를 비판하거나 무시하지 않음을. 인간관계의 중요성은 크면서 더 크게 느끼지만, 많디많은 사람 중에서 내 사람들을 찾을 수 있는 눈도 함께 성장함을 이젠 느낄 수가 있다. 비가 와도 찾을 수 있는 작은 불빛처럼.

녹지 말아주세요,
잡아줄게요

◇

이 사랑의 온기가 녹지 않게

손을 꼭 잡아주는 게 내 사랑의 의무야.

모든 연 들에게

너를 사랑하는 것도, 나를 사랑하는 것도 모두 다 같은 사랑의 종류이지만 너를 사랑함에 있어서 나를 사랑하는 것에 비해 더 추가되는 옵션이 있다면, 시간이 흘러도 이 사랑이 식지 않게 너의 손을 꼭 잡아주는 특별한 의무의 옵션이랄까,

식음을 방지하는 따뜻한 온열 마사지일지도 모르겠어. 너무 뜨겁지도, 차갑지도 않게 유지하는 내 의무는 너를 사랑함에 꼭 필요하다고 생각해. 모든 사랑에 필요하다곤 말 못 하겠지만, 너를 사랑함에 꼭 필요한 건, 이 사랑의 온기가 녹지 않게 너의 손을 꼭 잡아주는 것, 그리고 그걸 놓지 않는 것. 사랑은 따스함으로부터 돌고 도는 감정의 행복 순환이니까.

사랑을 느낄
당신의 내일을 응원할게요

◇

저 사람들을 미워하기보다,

나를 미워하는 게 더 편한 게 조금은 아파요.

헤아릴 수 없는 밤도 있어요. 괜히 뭔가 풀리지 않는 것 같으면서도 애매하게 흘러가는 듯한 그런 하루 말이죠.

그 하루가 잘못된 원인이 내가 아니고 설령 남이라도 잘못을 움켜쥐고 삼킨 날의 새벽은 헤아릴 수 없을 만큼 머리가 아플 때도 있었지만 곰곰이 생각해보면 저 사람들을 미워하기보다, 나를 미워하는 게 조금은 더 편했던 것 같아요. 남을 손가락질하며 미워했던 하루보다 내가 잘못했다고 그저 미워하며 넘겼던 하루가 더 많았던 거죠. 그런 하루들이 지나가고 햇살이 비추는 따뜻한 하루들을 맞고 있는 요즘, 주위의 사람들에게서 소중함을 참으로 많이 느끼고 있습니다.

'나'라는 사람들을 바닥 끝까지 끌고 내려갔던 밤
과 새벽이 너무나 아까워지는 요즘, 날씨도 좋은
초여름인데, 밖에 나가서 조금은 더 재밌게 하루
를 즐겨보시는 건 어떨까요? 소중한 사람들의 사
랑을 느낄 하루를 만들어 볼 당신들을 응원해요.

모든 연 들에게

오늘의 끝에서
너를 위로해주고 싶다.

◇

무자비하게 아팠던 하루를 건너

오늘의 끝에 도착한 널,
세상에서 제일 환영해.

오늘 너 많이 깨진 것 같더라. 무슨 일이 있었던 건지 정확히 알지 못하지만, 유독 힘든 일이 생긴 날은 그 하루가 정말 길잖아, 네가 느꼈던 오늘 하루의 길이처럼 말이야.

정확히 너의 어떤 상처를 보듬어주고, 안아줄 수 있다면 좋겠지만 너의 기분이 그렇지 않다면 그저 듣기만이라도 해주고 싶어. 오늘의 끝에 도착하기까지 힘들었을 널 위해, 그 끝에 선 너를 환영해 줄게. 비가 그치고 나면 그 자리엔 예쁜 무지개가 남잖아, 넌 비가 온 뒤의 축축한 땅이 아니라 예쁘게 피어오른 또 하나의 무지개야. 그러니 오늘의 끝에 다치지 않고 무사히 도착한 너를 조금만 더 아껴주는 밤이 되면 좋겠어.

모든 연 들에게

기분 안 좋다고 저녁을 건너뛰기보단, 오늘 같은 날은 기분이 안 좋으니 작은 야식이라도 네게 선물하는, 그런 작지만 소소하게 너를 사랑하는 밤 말이야.

사랑에서 오는
행복함을 느끼고 음미하는 것

◇

망설인 시간이 아까워서라도,

앞으로 다가올 시간 앞에 서서
당신을 사랑하겠다고 크게 외칠 거야, 난.

사랑을 하다 보면 가끔 시간이란 놈이 가까이 다가와서 물어볼 때가 있다. "너, 아무리 발버둥 쳐도 바뀔 거잖냐. 인간이란 놈들은 다들 내 옆에만 있으면 변하던데, 너도 다를 바가 없지?"

시간이 결국 지나고 나면 나의 사랑도 변할 거란 것. 이 또한 결국 이 나간 칼날처럼 무뎌져 가는 걸까 싶지만, 그런 당당한 시간이란 놈 앞에서 언제나 난 당당히 외치고 싶다. 앞으로 다가올 시간 앞에서도 난 당신을 변함없이 지금처럼 사랑할 것이라고. 두드러기처럼 식음이 돌아올라도 결국 누군가를 사랑함은 시간이 지나 식음이 아니라 익숙함에서, 편안함에서, 행복함을 음미하고 느끼며 내 마음에 저장하는 것임을.

사랑아
낭만해

◇

나는 너의 낭만이고 싶다.
행복의 시작점이자 종착역인 느낌이랄까,

뭐든 시작의 처음부터 끝에서의 마지막까지
너의 행복에 내가 서 있었으면 해.

네가 가고 싶은 여행지가 있다면
나와 가고 싶은 여행이었으면 좋을 것 같고,

네가 좋아하는 전화하는 시간의 너머엔
항상 내가 행복하게 받을 수 있을 것만 같아.

오래된 지난 시간들은
앞으로 행복할 우리의 낭만이 될 영양분이길,

낭만을 바라며
오늘도 행복하게 잠에 들자.

우리 행복하게 낭만 하나쯤은 품고 살면 그 또한
정말 현실이 되지 않을까? 현실이 되지 않더라도
좋아. 낭만 하나 마음속에 품으면 얼마나 삶이 따
뜻해지는데.

미운 날은
모두가 있잖아요

◇

감정에 몰입한다는 건요,
사실 그만큼 당신을 걱정하고 있는 건지도
몰라요.

금방이라도 사라질까 봐,
행복한 지금이 무너질까 봐,

별거 아닌 것 같아도
가끔은 파도처럼 덮쳐오는 새벽이

짜증 나도록
미운 날은 모두가 있잖아요.

미운 날은 모두가 있잖아, 그런 날이 오늘이라도
행복한 날은 무너지지 않았으면 좋겠다는 마음이
야. 가장 행복하다고 느낄 때가 가장 무섭게도 느
껴지는데 적당한 행복을 느껴도 가장 무섭게 느
껴질까 봐, 이 행복이 언제 두려움으로 바뀔지 몰
라 행복의 가닥 끈을 붙잡고 있다는 느낌이 들지
않게 우리가 행복하다는 감정에 몰입하는 중이
야, 너를 걱정하면서. 나 말고도 이 세상의모두가
하는 그런 생각일 테지만 말이야.

길 잃은 아이의 운명이
당신이라고 해도

◇

길을 잃는 게 그대의 운명이라면,
더 당당하고도, 신명 나게 길을 헤매다가

돌고 돌아 언젠가 목적지에 도착했을 때,
당당했던 그대의 용기에 박수를 쳐줄게요.

넘어지고 굴렀던 그대의 무릎이
더 이상 서럽지 않도록.

모든 연 들에게

오히려 당신이 맞았던 거일 수도 있어요. 당신이 맞았던 선택이었지만 세상이 질투해, 세상이 마법을 부려 길을 '잃은 것'처럼 보이도록 바꿔놓았을 수도 있어요. 그러니 더 당당하고도 신명 나게 길을 헤매어도 돼요. 결국 헤매는 과정 또한 잃은 길을 똑바로 잡아나가는 한 가지의 중요한 방법일 수도 있으니까. 그 언젠가 헤매고 헤매다, 돌고 돌아서 당신이 원했던 목적지에 도착했을 때 당당하게 헤매고 부딪혔던 그대의 용기에 박수를 쳐줄게요. 넝쿨에 엉키고, 돌멩이에 걸려 넘어지고, 미끄러운 웅덩이를 밟아 굴렀던 그대의 무릎이 이제껏 서러워 많이 울었을 테니까요. 그런 그대의 무릎이 더 이상 서럽지 않게.

무제

◇

첫눈 같은 의미 있는 눈들이 수없이 지나고 나면,
그래도 웃으면서 사랑했음을 아련히 기억해 주오.

녹을 마음들도, 얼어있을 감정들도
겨울이면 서서히 잠에 들게 놓아주고,

행복하게 웃으면서 인사해 주시오.

발갛던 예쁜 코는 추위를 많이 타서 그렇게 됐던 걸까, 사실은 안아주고 싶었는데 안았어도 따스하진 않았을 거예요. 겨울이 크게 닿아있었어도 그땐 마음이 멀어 보이지 않았으니까요.

다음에 우린, 볼 수 없을 테지만 첫눈 같은 의미 있는 눈들이 수없이 지나고 나면 그래도 웃으면서 사랑했음을 아련히 기억해 주오. 녹을 마음들도, 얼어있을 감정들도 겨울이면 서서히 잠에 들게 놓아주고, 인사해 주시오.

시간이 흘러도 추위를 잘 타던 당신의 코는 발갛게 수줍고 했음을 난 기억하고 있겠소.

종종걸음

◇

가장 아름답고도 눈부시게 빛이 났던 건
사랑에 빠졌던, 사랑을 주던

나를 사랑했던, 별 같은 그대의 눈동자였소.
그때의 어스름한 새벽의 공기를 기억해

오늘의 새벽꿈엔 종종걸음으로
예전처럼 나를 따라와주오.

모든 연 들에게

덤덤히 걸어가던 새벽의 집 앞은 괜스레 어색한 공기가 느껴질 때가 있었다. 손을 잡고 걸었던, 예쁜 야경이 비치던 저기 위 언덕의 분위기를 기억하나요. 빛나던 야경 속에서도 가장 아름답고도 눈부시게 빛이 났던 건, 사랑에 빠지고 사랑을 주던, 나를 사랑했던, 별 같은 그대의 눈동자였소.

그때의 어스름한 새벽의 공기를 기억해 오늘의 새벽꿈엔 종종걸음으로 예전처럼 나를 따라와주오. 내가 미워졌었더라도, 내가 싫어졌었더라도, 다시금 어스름한 새벽의 공기를 기억해 나를 사랑했던 만큼 지금에서라도 세게 안아주시오.

오늘 밤 새벽꿈에선 옛 겨울보다 따뜻하게, 덥지도 않은 초여름처럼, 불어오는 바람 따라 그대를 오랫동안 좋아하겠소. 불어오는 파도 따라 그대를 오랫동안 사랑하겠소.

이 마음이 부디 그대를 보내보겠소.

모든 연 들에게

아름다운
예술 작품 하나

◇

사랑하면 표현하라곤 한다.
그러나 애정을 표현하는 것도 중요하지만

고마우면 고맙다,
미안하면 미안하다고 표현할 줄 아는 사랑이

남들보단 조금 더 성숙한 연애를
이뤄나갈 수 있는 작지만 큰 방법이다.

사랑이란 것에 한 폭의 표현을 비롯한 예술을 담
읍시다. 고마우면 고맙다, 미안하면 미안하다 와
같이 아름다운 표현은 아름다운 예술 작품과 같
으니까.

증명

◇

각자의 별에서

최선을 다해 빛나고 있음을

모두에게 증명하지 말고

스스로에게만 증명할 것.

결국 예쁜 건 밖으로 새기 마련이고, 빛나고 있음은 누군가가 시기 질투하기에 딱 좋은 이유이니, 굳이 빛남을 누군가의 눈에 비춰줄 필요는 없다는 생각을 했다.

그다지 멀지 않게.

희망은
우리 손에

새로운 과정 속에서 헤엄치는 당신도
결국은 자리를 잡고 꿈을 꿀 수 있다.

가끔은 열정이란 양분이 메마를 때도 있겠지만
젊음이란 흙이 당신을 지지해 줄 테니

완벽하지 않은 세상에서
단단한 꿈을 피울 것.

흩어지는 꽃잎들 사이로도 꿈을 꿀 수 있음에 우
린 희망을 손에 쥐고 살아감을.

모든 연 들에게

5월

◇

5월의 시작인 오늘,

행복했을지도, 조금은 지쳤을지도 모르겠지만

5월의 끝엔 만개한 꽃밭 같은 웃음이

당신의 얼굴을 꽃피웠길 바라

5월엔 튤립이 많이 피는 계절이래요. 어중간한 봄과 다가올 여름의 시작의 경계인 5월은 사랑을 많이 피우는 달이라 그런가, 튤립의 꽃말은 '영원한 애정'이라고 합니다. 시작을 응원하기보단 끝을 응원하고 싶었어요. 무언가를 시작할 땐 쉽게 불타오르는 열정을 쥐고 부딪히면 되지만, 끝을 맞이할 땐 후회하지 않을 용기가 필요하거든요.

5월의 시작은 열정으로 열심히 부딪힐 당신들이 잘 해낼 거라고 믿어 의심치 않아서, 5월의 끝을 미리 응원합니다. 만개한 꽃밭 같은 예쁜 웃음이, 당신의 얼굴을 꽃피웠길.

영원한 애정으로 무장한 튤립이 환하게 당신의 웃음과 닮았을 테니까.

어떻게
지내

◇

"어떻게 지내?"
조금은 낯선 인사를 너네까지
낯설게 느끼지 않았으면 해

그런 날이 있었다.
무작정 친했던 사람들끼리 부둥켜 놀았던 밤이

그리워진 새벽에 물들어져 가는, 그런 날.
소란스럽게 떠들며 시간을 보냈던 밤도

시간이 지나면 지날수록
조금은 바쁜 시간에 빗겨 부자연스러워짐에

슬피 그리워지는 날도 있겠지만
서로가 걷는 시간이 다르더라도

보고 싶을 거다, 언제가 되었든 간에.
"어떻게 지내?"라는 물음에

웃으면서 "잘 지내"라는 답변이 돌아온다면
우리 가끔은 재밌게 보면서도 살자,
내 사람들아.

모든 연 들에게

가끔은 메신저창에 뜬 내 사람들의 초록색 빛이 반갑지 않을 때가 있다. 창고에 쌓인 물건들처럼 어느새 연락이 쌓였지만, 그걸 열어보고 정리할 여유는 안 될 마음인가 보다.

언젠가부터 너나 나나 할 것 없이 모두가 바쁘게 살아가니 끊겨버린 연락은 가끔 서러울 때도 있었어. 그래도 우리 다 같이 재밌게 놀았었는데, 너나 나나 할 것 없이 재밌었는데, 일에 지쳐 가끔은 외로워진 마음에 편지를 받아보듯 쌓인 연락들에 반갑게 답장하거나 내 소중한 사람들에게 "어떻게 지내?"라고 물어보고 싶지만 내가 일에 지쳐 누워있는 것처럼 지금 이 시각은 누구나 다 그런 시간이겠지. 모르겠다.

그래도 재밌었어, 시간이 지나면서 소란스럽게 떠들었던 밤이 그리워지더라도 그 얼마나 예뻤던 기억들일까.

보고 싶을 거다, 언제가 되었든 간에.

여전히 내 옆에 있는 나의 소중한 사람들에게, 행복했던 많은 시간을 회상하며 오늘도 모든 사람들이 좋은 꿈을 꾸길.

잘 자요.

아름다운
꽃잎이 날리는 밤

서둘러서 안겨보고 싶었던 마음을 기억하시나요
사실은 얼른 달려가서 부둥켜안고 싶었던,

꽃잎처럼 휘날리던 그날의 분위기
내 마음에 깔린 즐거운 난쟁이들의 춤.

당장이라도 손을 잡고 싶었지만
조금은 부끄러웠던 우리의 감정.

너무 환한 빛깔로 물들이진 말아요,

우리가 열심히 칠했던 간질간질한 마음이
나중엔 보이지 않을지도 모르니까요.

천천히 좋아하는 색으로 서로가 원하는 그림을
그리다 보면
서로가 같은 그림을 그리고 있었다는 걸

우린 알 수 있을 테니까.

모든 연 들에게

폴라로이드

있잖아, 우리의 삶은 폴라로이드 사진이 아닐까?
찰나에 찍힌 사진을 보려 눈을 크게 떠봐도

흐릿함만이 가득하다가
시간이 조금 지나고 나면 보이듯,

앞이 보이지 않을 정도로 좌절스러웠던 상황도
그 순간이 지나고 다시 고개를 돌렸을 때,

좌절스러웠던 상황에 찍혔던 내 순간은
다시금 보니 웃고 있더라

결국 시간이 약이라는 게,
맞는 말이더라고.

흐릿하던 순간이 지나고, 다시 돌아보면
그 순간은 지났지만, 영원히 아름다울

청춘이란 순간에 사진 찍혔던
나의 아름다운 도약이었음을.

심고
싶다

◇

짙은 숨이 당신에게 닿길 바랍니다.
같은 공간을 채워주길 바랍니다.

마음에 별을 심을 수 있다면,
그 별이 우리의 감정이면 좋겠습니다.

별이 맺어준 소중한 열매는
사랑이라고 부를 수 있을 열매라면 좋겠습니다.

당신에게 닿은 짙은 숨은 기쁨에서 묻어 나온
당신을 향한 행복이며
같은 공간을 채운 건 다름 아닌

따뜻한 온기일 테니까요.

사랑'이란 감정은 무언가 쉽게 설명이 가능한 것
같으면서도 불현듯 떠오른 생각은 설명하기 어렵
다는 것이었다. 누군가를 만나러 갈 때 꽃을 사 간
다거나, 그 사람이 좋아할 선물을 사놓고 기다린
다는 그런 기본적인 사랑의 태도 말고 조금은 특
별하게 서술이 가능할 사랑의 정의가 궁금했다.

조금은 특별하게 서술해 본다고 사랑이란 감정을
짧게, 혹은 길게도 생각을 해봤다. 결국 그 끝에
서 나를 기다렸던 결론이란,

기쁨에서 묻어 나온 짙은 숨이 당신에게 행복으로 닿는 것, 우리의 따뜻한 온기로 함께 있는 이 공간을 채우는 것. 이런 소중한 감정이 별이라면 마음에 "심고 싶다"라는 생각이 드는 것. 심어야 더 예쁜 열매를 맺을 수 있고, 그걸 우리가 볼 수 있을 테니까 말이다.

사랑을 한다는 건, 소중한 '너'와 함께 한다는 것. 소중한 '너'와 함께 한다는 건, 행복이란 것.

우연처럼

우연처럼
당신을 마주하고
당신을 사랑하는 게
봄을 맞은 것일 줄은,
벚꽃이 되어 흩날릴 줄은,
그건 이 세상의 그 누구도
몰랐을 테니까.

예쁜 꽃 한 송이보다
당신의 얼굴에 스며든
웃음기가 가득한, 행복한 봄이
이젠 그게 내 계절이야.

우연인가,
우연이었을까,
우연이었다면
우연이 낳은 작은 사랑이었어도

사랑에 서사가 중요하리,
창문을 바라보았을 때 보았던
연분홍 벚꽃이 흩날리는 마음이
내 마음이라면
그건 예쁜 사랑 그 자체이리.

무제 2

녹슬지 않는 추억을 만들어줄 수 있는 사람이 저였으면 좋겠어요.

사람이란 게, 살아가다 보면 적지 않은 소나기가 내릴 때가 있을 텐데,

그렇게 소나기를 맞아도 녹슬지 않을 추억을, 그런 시간을 만들어줄 사람이 저였으면 좋겠어요.

결국 소나기는 지나가기 마련이고, 비가 온 뒤엔 땅이 더 단단히 굳어지겠지만, 녹슬었을 시간을 녹슬지 않게 하고, 소나기를 맞았다면 춥지 않게 안아주고 싶어요.

그게 당신을 사랑하는 이유이고, 제가 당신 옆에 있고 싶은 간단하고도 가장 큰 까닭이에요.

힘든 시간을 잘 헤쳐 나갈 수 있게, 아픈 시간을 아프지 않을 수 있게.
그런 시간이 당신을 덮칠 때면, 당신이 저와 함께 있었던 녹슬지 않은 추억을 꺼내어 회상하며 조금이라도 위로가 되었으면 하는 그런 마음을 가지고 당신을 사랑하고 있습니다.

뭐든 좋아요. 우리가 앞으로도 어떤 추억을 만들던, 그 추억들이 당신의 아픔을 가끔은 단 1그램이라도 덜어줄 수 있다면, 지금처럼 변함없이 당신과 살아갈게요.

제 사랑의 까닭은 앞으로도 행복하게 나를 사랑
해 줄 예쁘고 사랑스러운 당신이 나와 행복했으
면 해서. 내가 당신의 힘들고 아픈 시간을 조금이
라도 메꿔줄 수 있다면 그 자체로도 충분한 마음,

그 자체일 테니까.

모든 연 들에게

마음에
쥐가 날 때

◇

마음이 쥐가 날 때가 있어요,
아무 이유 없이 저릿하고 아픈.

누군가 움켜쥔 듯 아픈 마음을 쓸어내려 보지만
구멍이 뚫린 것 같은 당신은 괜찮을지요.

스스로도 희미해진 당신은
어쩌면 안아줄 누군가를 찾고 있었나요,

어떤 것에 대한 무거운 그리움이
지금처럼 당신을 짓누를 때면

완전히 당신을 위로해 줄 순 없겠지만,
누군가 당신 옆에 있음은
알게 해줄 수 있을 거예요.

쥐가 날 때가 있었어요. 어떠한 일이 없어도, 나를 슬프게 하는 그 무언가가 없어도, 마음속 한구석에 쥐가 나 이유 없이 저릿하고 아플 때가 있었던 것이죠. 외로웠던 걸까, 아니다. 내 주위엔 너무나 좋은 사람들이 많아 외로움을 느낄 새가 없다. 그럼 내가 가끔은 쓸데없는 걱정들에 사로잡힐 때가 있어서 그런 걸까, 아니다. 걱정들이 들 때가 있어도 마음이 시린 적은 없는걸.

그렇지만 마음속이 허할 때가 있었어요. 마음에 구멍이 뚫린 것처럼 바람이 불어올 때, 마음이 시리기도 했었고, 외로움을 느끼면 안 될 사람일 정도로 주위엔 좋은 사람들이 제 옆을 지켜주고 있었지만 외로울 때도 있었답니다.

그 외로움의 이유는 언젠가 시린 바람을 막아줬었던 제 자신이 저기 멀리 떨어져 있었던 것이었음을, 조금은 늦게나마 알게 되었습니다. 쓸쓸한 마음의 이유는 나를 돌봐주던 나 자신이 이유 없이 골골 앓아누웠을 때였고, 스스로도 희미해져 나 자신을 알아볼 수조차 없을 땐, 마음에 구멍이 뚫린 듯 슬픔을 느끼기도 했었습니다.

어떠한 것에 대한 그리움은 느껴지는데, 그 '어떠한 것'이 무엇인지 기억조차 나지 않는 까마득한 과거의 밤에 머무는 느낌이었어요. 그런 까마득한 과거의 밤이 저를 짓누를 때도 있었습니다.

그렇지만, 항상 스스로를 위로해 줄 수 있는 건 제 옆에 있는 좋은 사람들, 애인, 친구, 지인들이 아닌 오늘도 제 옆에 기대서 잠에 든 새까맣게 타버린 제 자신인 걸 알아주셨으면 좋겠습니다. 그렇게 나를 위로해 주는 스스로의 존재를 다시금 깨닫게 되는 순간, 누군가 제 옆에 있음을 알 수 있었고, 저는 까마득한 과거의 밤을 그리워하기보다, 행복한 마음으로 까마득한 미래의 아침을 바라볼 수 있는 눈을 가지게 되었다고나 할까요. 스스로와의 소통은 깊은 잠에, 편한 잠에 들게도 도와줍니다만.

사랑하는 나를 지켜줄 수 있는 소중한 또 다른 존재임을 일깨워주기도 함을, 우린 알고 살아가야만 합니다.

색이 없는
작은 메아리가 되어

◇

색이 없는 작은 메아리가 되어,
너의 주위를 감싸주는
따스한 목소리로 남고 싶어.

멀리 있다고 한들
너를 멀리서도 볼 수 있는 저 높은 꼭대기처럼,

멀리 있어도 내 목소리가
네게 닿을 수 있을 정도로
크고도 따스한 목소리로 외쳐볼게.

모든 연 들에게

영원을 꿈꾸는 만큼,
너를 많이 꿈꾸고 있다고 말이야.

색이 없는 작은 메아리가 되어 너의 주위를 감싸
줘도 될까, 오래도록 네게 따스한 목소리로 남아
주고 싶은 내 마음을 알아줄래. 어떠한 색을 띤
메아리로 있어 주기보단, 색을 띠지 않은, 색이
없는 작은 메아리로 너의 주위에서 널 안아주고
싶은 마음을 가지고 있어.

멀리 있다고 한들, 너를 멀리서도 바라볼 수 있는
저 높은 꼭대기처럼, 멀리 있어도 내 목소리가 네
게 닿을 수 있을 정도로 크고도 따스한 목소리로
울리도록 외쳐볼게.

너와 영원을 꿈꾸는 만큼, 너를 많이 꿈꾸고 있다고. 너를 많이 꿈꾸고 있는 만큼, 너를 많이 사랑하고 있다고.

그저 작은 마음이 아니라, 이미 큰마음이 너를 덮고 있기에 이 마음은 시간이 지나도 녹지 않을 것임을.

모든 연 들에게

소중한 감정에
머물지 않은 사람

◇

결국 사랑하던 당신을 떠난 사람은
소중한 감정에 머물지 않은 사람이었다.

당신보다 간절하지 않은 사람이었다.
당신이 필요하지 않은 사람이었다.

그러니 제발 이젠 다 잊고
찬란한 당신의 삶을 살아줘.

무뎌진 칼날은 날카로워 보이지 않지만
부드러운 감정을 베어버리기에 충분하니까.

결국은 그 소중한 감정에서 먼저 발을 뺀 사람이
었던 것, 그 소중한 감정에 지겨움을 느껴 감정을
멀리한 것, 당신만큼 당신을 사랑하지 않았던 것.

이별을 하고 쓸쓸한 행성에 웅크려 있는 당신을
보아하니, 잘려버린 당신의 반쪽을 그리워하고 있
는 것 같습니다. 무뎌진 칼날은 날카로워 보이지
도 않고, 무엇 하나 자르기도 버겁겠지만, 부드러
운 감정을 베어버리기엔 충분한 칼날이었을 지도
모르겠습니다.

결국 무뎌진 칼날에 베인 반쪽이 당신의 마음이었겠지만 말입니다, 그렇게 사랑의 이야기는 끝이 났겠지만 말입니다.

당신보다 간절하지 않았던 사람임을,
당신이 그 정도로 필요하지 않았던 사람임을,

그것만을 기억하고 살아가고, 이젠 찬란한 당신의 삶을 살아주세요. 이별이라 함은 누구나 아픈 것이겠지만 아픔에서 피어오르는 또 다른 무언가가 당신을 이어줄 테니까요.

삶이란 소설 속 사랑의 결말

◇

마법을 부린 것처럼 좋아하는 사람과
기적을 바라듯 예쁜 사랑을 하며 늙어가는 게

내가 쓰고 있는 '삶'이란 제목의 소설 속의
'사랑'이란 목차의 결말이길,

그 결말의 페이지엔
내 사랑이 환하게 웃어주길.

모든 연 들에게

우리 모두 '삶'이란 내용이 비어있는 소설책을 가지고 살아가잖아. 당신의 소설은 어때?

잘 채워지고 있어? 정말 많은 목차가 소설책의 앞부분에 인쇄되어 있을 텐데,

사랑, 인간관계, 목표, 희망, 꿈 등 당신을 밝히고, 당신을 스스럼없이 안아주고 포용해 줄 따뜻하지만, 가끔은 쓸쓸할 수도 있을 목차들이 인쇄되어 있을 거야.

그 안의 목차들 중에서 '사랑'이란 목차의 결말은 모든 사람들이 다 같았으면 좋겠어. 마법을 부린 것처럼 좋아하는 사람과, 기적을 바라듯 예쁜 사랑을 하며 늙어가는 결말 말이야.

내가 바라는 결말이기도 하지만, 내가 바라는 모든 사람들의 '사랑' 목차의 결말이기도 해.

지금 사랑하고 있는 사람들아,
예쁜 봄이 왔으니 두 배로 더 행복한 내용을 써내려가.

지금 이별한 사람들아,
기적 같은 결말은 항상 당신의 편일 거야.

누군가를 몰래 좋아하는 사람들아,
내일은 그 사람이 당신에게 한 번 더 눈길을 줄 거야.

이 세상의 모든 사람들아,

우리의 모든 결말은 행복할 거야.

밤이 깊었는데, 당신의 사랑은 더 깊은 결말이길.

함께 있어서
행복한 사람들이 있나요

◇

네가 살아가는 세월 속에,
함께 있어서 행복한 사람들이 있어?

시간이 지나고, 몇 번의 계절이 지나면
소중한 기억은 흐릿한 세월에 가려

흑백의 사진처럼 바래질 수도 있겠지만
그래도 너의 추억 속에서 살아 숨 쉴 거고,

모든 연 들에게

세월이 지나도 너의 옆에 있는 사람들이 있다면
그 사람들은 너의 삶의 활력이 될 거야.

그런 활력이 되어주는 사람들 옆에서,
너도 세월이 지나도

소중한 사람들의 옆을 지키면서 함께해 주는,
그런 사람이 되어주길 바라.

기나긴 시간이 지남에 한껏 흩뿌려진 낙엽들과
그 위를 덮은 지난밤의 차가운 공기처럼 언젠가
시간과 계절이 지나게 되면 소중한 기억들도 흐
릿한 세월에 가려 잊힐 수도 있겠지만 그래도 너
의 추억 속에서 살아 숨 쉬고 있을 여럿의 사람들
을 생각해 봐.

그런 사람들이 있기에, 네가 살아가는 세월이 행복한 시간으로 기억될 것이라면, 그런 행복감을 가져다준 소중한 사람들의 옆을 지키면서 함께해주는 그런 사람이 되어줬으면 좋겠어. 너도 나를 만나서 행복할까, 나는 너를 만난 이 세월이 행복한 세월로 기억될 것 같은데 말이다.

세월 속에 사랑과 우정을 모두 다 새길 수 있는 사람이 되길 바라.

세월이 지나도 옆을 지켜줄 수 있는 사람이 되어주길 바라

그 새벽이
우리의 마지막은 아닐 테니까

초점이 잡히지 않는 새벽이 와도
그 새벽이 우리의 마지막은 아닐 테니,

해가 뜨기 전 가장 어두운 순간에서도
너의 손을 붙잡고 있을 거야.

무서우면 눈을 감아도 괜찮아,

오늘 같이 어두운 새벽엔
울어도 된다고 말해줄게.

그리고 금방 이 순간이 지나고,
밝은 해가 떠오르면

그땐 고생했다고, 수고했다고,
지친 너를 따뜻하게 안아줄게.

어떤 일이 당신을 힘들게 했는지, 오늘따라 어떤
기분이 들어 당신이 눈물을 흘리는지, 물어볼 수
조차 없을 정도로 초점이 잡히지 않는 새벽도 언
젠간 찾아올 거예요.

모든 연 들에게

당신이 힘든 일에 처해도, 어려운 일을 맞아도, 눈물을 흘리며 힘들어하고 있을 그 어두운 새벽이 우리의 마지막은 아닐 거니까,

그러니 해가 뜨기 전 가장 어두울 순간에도 그대의 손을 붙잡고 함께 옆자리를 지켜줄게요. 가끔은 힘든 일에 지쳐, 넘어질 때도 있을 테니.

그럴 때, 넘어진 새벽의 밤에 무거운 짐을 내려놨으면 좋았겠어요, 아니, 어쩌면 그 짐을 내려놓을 때 제가 버팀목이 되어줄 수도 있을 거예요.

이 어두운 새벽이 무섭다면 눈을 감아도 괜찮아요.
이 어두운 새벽이 겁난다면 눈물을 흘려도 좋아요.

그렇게 금방 이 순간이 지나, 밝은 해가 떠오른다면, 그땐 고생했다고, 수고했다고, 지쳤을 당신을 이 새벽의 끝에서 따뜻하게 안아줄게요.

모든 연 들에게

타임머신

타임머신이 있다면,
거창한 목표가 있을 것 같겠지만,

그저 똑같은 부모님 밑에 태어나
행복한 사람으로 열심히 살아와

그대로 너를 다시 만나
지금과 똑같이 행복하게 살아야지.

시간을 건너뛸 수 있는
기계가 나온다고 한들,
내가 지금까지 느꼈던
다양한 감정들이 소중해서,
스킵하지 않기로 했다.

삶은 스킵하기보다
곰곰히 곱씹으면서 느끼는,
딱딱하면서 달콤한 사탕 같은
수만가지의 감정 덩어리이니.

모든 연 들에게

반하게 되는 순간,
당신은요

당신은요,
비유할 수 없는 미상의 색 같다고나 할까요.

완벽한 사람은 아닐 테지만,
그렇다고 모난 사람은 아닌,

여름처럼 너무나 덥진 않을 테지만,
그렇다고 겨울처럼 매섭진 않은 봄을 닮았어요.

적당한 기온의 봄을 닮은,
비유할 수 없는 미상의 색 같은 당신은요.

어쩌면요, 정말 어쩌면요.

제가 지금껏 찾던,
특별한 감정을 붙일 소중한 사람일지도 몰라요.

당신이 가지고 있는 미상의 색이,
제겐 너무나 아름다운 색이라고
생각이 들었거든요.

당신은요, 비유할 수 없는 미상의 색 같다고나 할
까요. 빨간색, 파란색, 노란색… 정말 다양한 색
들이 있지만 가끔은 우스운 생각에 잠길 때가 있
어요.

모든 연 들에게

"내가 지금껏 알고 있는 색 말고도 또 다른, 완전히 색다른 색이 존재하진 않을까?" 하고. 봄을 닮은 것처럼 너무나 따뜻한 느낌을 닮았으나 어떠한 뭔가를 닮았다고, 어떠한 다른 색을 닮았다고 치부하기엔 당신은 특별한 사람이라 생각되는걸요. 완벽한 사람은 아닐 테지만, 그렇다고 모난 사람은 아닌, 여름처럼 너무나 덥진 않을 테지만, 그렇다고 겨울처럼 매섭진 않은 봄을 닮았어요. 적당한 기온의 봄을 닮은, 비유할 수 없는 미상의 색 같은 당신은요, 어쩌면요, 정말 어쩌면요.

제가 지금껏 찾던 특별한 감정을 붙일 소중한 사람일지도 몰라요.

당신이 가지고 있는 미상의 색이, 제겐 너무나 아름다운 색이라고 생각이 들었거든요.

○☆◇△

화려한 사랑이
매일이 아닐지라도

◇

너와 있는 매일이 달콤한 날일 줄만 알았지만,
가끔씩 쓰디쓴 날이 찾아오긴 하더라.

그렇다고 그런 날이 싫다는 게 아니야,
어쩌면 그것도 우리가 맞춰가는 과정이니까.

매일 라떼를 먹다가
가끔씩 에스프레소를 먹는 느낌이랄까,

라떼를 먹든, 에스프레소를 먹든,
똑같은 커피를 마시는 것처럼

달콤한 하루를 보내든,
가끔은 쓰디쓴 날을 보내든,
그것 또한 사랑을 나누는 우리의 과정이니

나는 너를 사랑할 거다.

오늘 우리의 하루가 어땠든, 내일이 어떻든,

화려한 사랑이 매일이 아닐지라도,
내 사랑은 너라고 믿으니.

가끔은 삐걱이는 날이 있다. 무너지는 건 아니지만 의도치 않은 삐걱임.

그저 다른 사람, 그저 주위의 적당한 사람이거나 별로 친하지도 않은 사람이라면 그 사람과 삐걱거리든, 부서지는 소리가 나든 신경을 쓰지 않겠지만 너와 있는 매일이 달콤했을지라도 가끔은 삐걱거리는 그런 날. 쓰디쓴 날이 찾아오기도 한다. 그렇지만 그런 날이 싫다는 건 아니다. 어쩌면 이런 삐걱거림도 우리가 맞춰가는 과정 중 하나일 뿐이니까.

매일 아침마다 찾아갔던 사랑스러운 카페에서 라떼를 주문했었지만, 삐걱거린 날은 쓰디쓴 에스프레소를 먹은 것처럼 다가온다.

그렇지만, 라떼를 먹든, 에스프레소를 먹든, 결국엔 똑같은 커피를 마시는 것처럼 달콤한 하루를 보내든, 가끔은 쓰디쓴 날을 보내든, 그것 또한 우리가 사랑을 나누는 과정일 테니까.

아니, 어쩌면 더 사랑을 주고 싶기에, 그만큼 사랑하고 있기 때문에.

서운함을 느끼고, 슬픔을 느끼며 쓰디쓴 에스프레소를 마신 것이기 때문에, 더 사랑하기 위한 작은 발판이 아닐까 생각한다. 매일이 달콤할 순 없겠지만, 달콤한 라떼 같은 하루를 많이 만들려고 노력하는 게 너를 사랑하는 작은 정의다. 그러니 나는 너를 사랑하고 싶다. 오늘 우리의 하루가 어땠든, 내일이 어떻든 간에.

화려한 사랑이 매일이 아닐지라도,
내 사랑은 너라고 믿으니.

모든 연 들에게

여가
시간

◇

여가 시간을 함께 보내고 싶은 사람을 만나세요.
매일 전화를 했을 때, 행복할 사람을 찾으세요.

가끔은 망가진 모습을 보여도
좋아해 줄 사람을 찾으세요.
무작정 계획 없이 여행을 가도
좋을 것 같은 사람을 만나세요.

이 세상에 사람들은 정말 많지만,
내가 좋아하는 사람은 한정적일 테니까요.

분명 같이 행복할 수 있는 사람을,
행복을 나눠줄 수 있을 상대방을 찾아보자고요.

사람을 만날 때, 다들 제각각 기준이 있겠지만 간단히 요약하자면, 시간이 있어서 만나는 사람이 아니라, 시간을 내서라도 만나고 싶은 사람을 찾아서 만나야 하는 거다. 무작정 "이 사람은 괜찮을까?", "이 사람은 어떨까?"라는 생각에 사로잡히기보단 내 시간을 할애해 이 사람을 만나고 싶은가를 먼저 따져봐야 한다.

연애관에 있어서 가장 중요한 건 내가 그 사람을 '의무적'으로 만나는 게 아니라,

내가 만나고 싶어서 만나야 하는 감정이 더 커야만 그게 행복한 사랑으로 이어질 수 있기 때문에 생각을 곰곰이 해봐야 한다는 소리다. 여가 시간을 함께 보내고 싶으세요? 매일 전화를 했을 때 기분이 좋고 행복할 것 같으세요? 망가진 모습을 보고 상대방이 떠나갈까 무서우시진 않으세요?

무작정 계획 없이 여행을 함께 떠나도 좋을 것 같으세요? 이 간단한 네 가지의 질문에 'YES'라는 답변이 떠오른다면, 이 글을 읽고 있는 당신이 그 사람과 연애를 할 준비가 되었다는 겁니다. 그렇지 않다면, 이 세상에 사람들은 정말 많지만 좋아하는 사람은 언제나 한정적일 테니,

분명 같이 행복할 수 있는 사람을, 행복을 나눠줄 수 있는 상대방을 찾아보자는 말이에요.

익숙함이
사랑이 아닐지언정

◇

만약 익숙함이 사랑이 아닐지언정
여전함이 사랑이라고 말해주라.

익숙함이 사랑을 가리고 달을 가려도
여전함이란 별이 우릴 사랑하게 빌어줄 거야.

함께 누워있던 익숙한 침대에서
여전히 사랑하며 눈동자를 바라볼게.

모든 연 들에게

혹여나, 권태란 씁쓸한 바람이 불어온다면,
그 새벽을 서로 손잡아 줄 달콤함이 있길.

씁쓸한 바람도
달콤한 바람이 되는 것처럼.

흑이 익숙함이라면 백은 여전함이다. 서로가 섞
일 수 없고, 대립하는 감정의 관계일 이지도 모르
겠다. 혹시나 익숙함에 익숙해져 서로에 대한 감
정이 식기 전이라도 백을 증명해야 한다.

자기야, 익숙함이 세상을 가리고 달을 가려 흑색
이 짙어진다고 해도 백을 증명할 여전함이란 불
빛은 우리 서로가 가지고 있는 거야.

그 불빛의 별이 우릴 사랑하게 빌어줄 테니, 조금
은 그런 슬픈 상황이 오더라도 당황하지 말고, 밀
어내지 말고, 가까이에서 안아주고 손잡아 주자.

만약 익숙함이 사랑이 아닐지언정 여전함이 사랑
이라고 말해주라. 우리가 그렇게 말할 수 있다면
함께 누워있던 익숙한 침대에서 여전히 사랑하며
너의 눈동자를 바라볼게.

익숙함에 속아 권태란 씁쓸한 바람이 불어온다면
그 새벽을 서로 손잡아 줄 달콤함이 있길 네 손을
잡고 바랄 것 같아.

모든 연 들에게

마치 씁쓸한 바람도 달콤한 바람이 되는 것처럼 말이야.

너를 사랑하고 있는 시간 속에서 여전히 너를 사랑해.

2월이
다른 달보다 짧다고 해서

◇

2월이 다른 달보다 짧다고 해서
너를 사랑하는 날이 적은 달이 아니다.

다른 달보다 이틀, 삼일이 적으니
상대적으로 적은 그날들을 메꿔

너를 몇 배로 더 사랑할 수 있는
예쁜 달이라 생각해 줬으면 좋겠다.

모든 연 들에게

너에게 몇 배로 더 집중할 수 있는
소중한 달이라 생각해 줬으면 좋겠다.

그러니 불안해 말고 2월의 끝에도
행복하게 내게 안겨있으면 좋겠다.

2월이 다른 달보다 짧다고 해서 너를 사랑하는
날이 적은 달은 아니야. 다른 달보다 유독 짧은 2
월 속에서 하는 사랑은, 짧지만 굵은 사랑이라고
말해주고 싶어. 다른 달보다 이틀, 삼일이 적으니
상대적으로 적은 그날들을 메꿔 너를 몇 배로 더
사랑할 수 있는 그런 예쁜 달.

가끔은 불안함에 잠식될 때도, 서로를 믿고 의지
하며 달려 나가고 있지만 힘이 들 때도 있겠지만
너를 몇 배로 더 사랑할 수 있는 예쁜 달이니, 너
에게 몇 배로 더 집중할 수 있는 소중한 달이니,
그런 예쁘고 소중한 달에서 우린 사랑을 하고 있
으니, 불안해 말고 2월의 끝에도 너라는 사람이
행복하게 내게 안겨있으면 좋겠어.

여행이라도
갈래요?

우리 서로 시간이 맞는 날이 오면
예쁜 곳으로 여행이라도 갈래요?

모든 고민들과 마음의 짐들을
다 내려놓고 떠날 순 없겠지만,

조금이라도 좋은 바람을 쐬며
행복한 경험으로 덧칠한다면,

예쁜 당신 얼굴에
빛이 스며들 테니까요.

당신을 사랑하는 만큼
당신의 행복도 함께 사랑하고 있어요.

그러니 바닷바람이 예쁜 곳이나
예쁜 밤의 도시로 떠나자는 소리예요.

지쳐 보이는 당신의 행복을 위해,
당신의 행복도 사랑하는 나를 위해.

여행을 가고 싶어요, 당신과 함께요. 요즘 지쳐
보이는 당신의 얼굴을 보아하니, 마음속에 고민
들과 짐들이 그득해 보이지만 그것들을 다 털어
놓기에도 부담이 될 것 같아 그것 또한 걱정하는
당신을 느꼈어요.

모든 연 들에게

그러한 모든 것들을 다 내려놓고 어디론가 여행을 떠날 순 없겠지만,
그래도 조금이라도 좋은 곳에 가 좋은 바람을 쐬며 행복한 경험으로 덧칠한다면 예쁜 당신의 얼굴에 빛이 스며들지 않을까 싶어요. 당신을 사랑하는 만큼 당신의 행복도 무척이나 사랑하고 있어요. 그러니 바닷바람이 예쁜 곳이나 예쁜 밤의 도시로 떠날래요?

지쳐 보이는 당신의 행복을 위해서,
당신의 행복도 사랑하는 나를 위해서.

무제 3

◇

뭐든지 술술 잘 풀리는 인생이란
애당초 없던 게 아니었던가,

손끝에 스치던 부드러운 파도가
몇 년 새에 단단했던 바위를 깨뜨리듯

짙던 마음도 결국은 누군가를 만나고
행복을 느끼며 누그러뜨리듯

모든 연 들에게

결국 대단한 일도 맞닥뜨릴 것이고
결국 행복한 일도 그대에게 스며들겠지만,

어떻게든 결과가 나오더라도
과정이 술술 잘 풀리기란 쉽지 않음을 알자.

부드러운 파도가 단단한 바위를 깨뜨리기까지
몇천 번은 부서져야 했을 테니까.

부드러운 파도가 단단한 바위를 깨뜨리기 까지엔
몇 천 번은 부서지고 무너졌어야만 했을 거다.

나도 사람이고, 너도 사람인 입장에서 본인이 하는
모든 일이 술술 풀리고 잘 해결되었으면 좋겠지만,
모든 일들이 애시당초 잘 풀릴 수는 없다고 말해
주고 싶다.

어릴 적 갖고 싶었던 모든 장난감들을 가질 수 없었던 것처럼,
내가 이루고 싶은 모든 일들을 이루기란 여간 쉬운 게 아닐 거다.
아니, 오히려 매우 어렵다고 말하는 게 맞는 표현이 아닐까 싶다.

그렇지만 그러한 과정이 매우 어렵다는 뜻이지, 불가능하진 않다는 말이다. 손끝에 스치던 부드러운 파도가 단단한 바위를 깨뜨리듯,
짙던 마음도 결국은 누군가를 만나고 행복을 느끼며 누그러들듯,

결국은 대단한 일들도 맞닥뜨릴 것이고,
결국 행복한 일들이 생기면 그것들도 또한 네게 스며들겠지만,

어떻게든 결과가 나오더라도, 그 과정이란 결코 쉽지 않으며
술술 풀리기란 쉽지 않음을 알고 있자.

빈약한 마음으로 당신을 위로할 수 있을 거라 생각하지 않지만,
빈약한 마음으로라도 겸손하게 당신의 오늘을 위로하고 싶었다.

보름달 같은
사람

◇

자기야, 난 저 보름달 같은 사람이 되고 싶은데
무슨 뜻인 줄 알아?

보름달은 점점 차올라서 꽉 차게 되잖아,
하지만, 차올랐던 달을 다시 사그라들기 마련이지.

네가 한때 걱정하고, 고민했던 것처럼
많은 사람들의 사랑은 차올랐다가 사그라들지만

난 보름달처럼 차오른 채로 있을 거란 뜻이야.
점점 사그라드는 표현과 연락 말고,

여전히 초반과 똑같이 차올라 있을 사람,
그런 사람이 되어 너를 사랑하고 싶어.

차오른 채로 어두울 너의 밤하늘에서
우뚝 떠오른 채로 빛내줄 그런 사람.

사람을 쉽게 믿으면 쉽게 상처를 입게 된다는 말
이 있는데, 네가 똑같은 말을 했었어. 사람을 쉽
게 잘 못 믿는다고. 네 말이 맞아, 어떻게 모든 사
람들을 쉽게 믿겠어.

하다못해 사랑하는 사이에서도 쉽게 상처를 주고
떠나가는 사람들이 얼마나 많은데 말이야.

네가 그런 고민하고 있을 때마다 나는 항상 네 옆에서 네게 믿음을 주고 싶었어.

물론 지금도 여전히 너라는 사람에게 믿음을 주고 싶은 사람이자 너를 많이 사랑하는 사람이지.

자기야, 나는 저기 떠 있는 보름달 같은 사람이 되고 싶어.
보름달은 점점 차올라서 꽉 차게 되잖아,
그렇지만 차올랐던 달은 다시 사그라들기 마련이지.

나는 네게 떠 있는 보름달이야, 하지만 사그라지지 않는, 초승달로 점점 변해가지 않는 보름달.

여전히 초반과 같이 너를 비춰주면서
완전히 채워져 있는 보름달같이 너를 사랑하고 싶어.

자기야, 나는 저기 떠 있는 보름달 같은 사람이
되고 싶은데
너는 그저 여기서 서 있기만 해.

그렇다면 몇 년이고 나는 보름달일 거야.

발버둥을
치지 못할 때,

◇

가끔은 발버둥 치고 싶을 때도 있을 테지만,
좌절은 발버둥을 치지 못할 때 온다고 생각해.

무언가 해볼 수조차 없을 때
그때 우린 꿈이 죽는 걸 느끼겠지만,

여전히 깨어있어야만 해.
그래야 뭐라도 해보고 발버둥이라도 쳐보니까.

그게 죽이 되든 밥이 되든
네가 해보고 싶은 게 있으면 해보고
때려치우란 소리야.

해보고 싶은 게 있다면
두 눈을 부릅뜨고 깨어 있으란 소리고.

부족하다고 생각할 시간에
달릴 수 있게 신발 끈이라도
다시 묶으라는 소리야.

발버둥조차 치지 못할 때 사람은 더 큰 좌절에 빠진다고 생각해.

그 어떤 무언가라도 해볼 수 없을 때, 정말 그런 때가 온다면 스스로의 꿈이 죽는 걸 느끼겠지만 그럼에도 여전히 두 눈을 부릅뜨고 깨어 있으면 좋겠어.

정말 많은 거짓말들이, 짜증 나는 거짓들과 오만들이 가끔은 유혹을 범하고, 사람을 가로채며, 꿈까지 눈을 감겨보려 하겠지만 여전히 깨어있다면 도전 의지까지 어떻게 해보진 못할 거니까.

나는 네가 빠져있는 게 좌절의 늪이 아닌, 꿈의 용광로이길 하는 마음일 뿐이야.

그러니 해보고 때려치우려는 마음을 가져주라.

유치하게
만드는 사람

너는 나를 유치하게 만드는 사람이야,
네가 없으면 너를 보고 싶게 만드는 그런 사람.

보채고 싶게 만드는 사람,
이유 없이 얼른 보고 싶은 사람.

유치할 만치 너를 좋아하며 보고 싶어 하겠지만
어른인 척하며 꾹 참으면서 아닌 척해 볼게.

점점 눈이 감겨와도

네 눈동자 속 바다에 빠져들고 싶은 밤이야,

그러니 지금처럼 옆에서

항상 예쁘게 나를 봐주면 소원 없을 것 같아.

모든 연 들에게

소박하지만
따스한 집

◇

요즘 집값이 그렇게 비싸다는데,
그냥 너는 여기 있어라

화려하지도 않고,
몇백 평짜리 호화로운 대저택은 아니지만

그렇다고 네게 원룸은 아니며,
따뜻하게 너를 안아주려고 하는

그런 마음을 가진 사람으로서
소박하지만 따스한 집 같은 사람이 되어줄게.

집은 비싸서 대출받아서 사야겠지만, 내가 너를
좋아하는 마음엔 이자가 없어. 이것 참, 네겐 좋
은 거 아닌가 모르겠다. 네게 바라는 것도 없고,
원하는 것도 없으니 그냥 넌 여기 있어라.

모아놓은 돈도 없고, 앞으로 벌어야 할 돈은 더
많겠지만 그래도 넌 여기 있어라.

돈이야, 열심히 일해서 벌면 되겠지만 사람의 마
음을 버는 건 꽤나 힘들고 버거운 일이더라고. 그
래도 난 돈 대신 돈보다 비싸고 소중한 너를 벌었
으니 행복한 거 아니겠어.

이자 없이 내 사랑을 줄 테니까, 집은 없어도 네겐 집이 되어줄 테니,

그래도 넌 여기 있어 줬으면 좋겠다는 말이야.

고작
사랑이란 정의에

◇

고작 사랑이란 정의에
너를 사랑한단 말 하나만 포함된 건 아니다.

그 작은 정의에 포함된
또 다른 정의란,

사랑의 표현이 서툰
너를 기다려준다는 뜻도 있어.

가녀린 사람에게
행복한 사랑을 담아서,

사람마다 표현을 잘하는 사람도 있지만, 가끔은
표현이 서툰 사람도 있기 마련이야.

고작 사랑이란 정의에 너를 사랑한단 말 하나만
포함된 건 아니야. 사랑이란 정의엔 무수히 많은
예쁜 말들과 표현들이 들어있겠지만, 가끔은 사
랑의 표현이 서툰 너를 기다려준다는 뜻도 있어.

너를 기다려준다는 뜻과 또 하나는, 너를 기다릴
수 있다는 뜻도 있지.

무수히 많은 사람들 속에서 너를 찾아올 수 있었
던 건 어쩌면 내겐 과분한 행운일지도 몰라.

지금껏 사랑을 기다렸듯, 너라는 사람을 잘 기다리는 것도 내 사랑의 일부일 거야.

그러니 표현이 서툰 너라도, 오늘처럼 가끔은 예쁘게 표현해 준다면 나는 그 자체로도 아마 좋아하지 않을까.

가녀린 사람에게, 행복한 사랑을 담아서 전합니다.

고요히 마주한 사랑에 행복할 수 있었던 날들이 더 많을 테지만, 그 행복했던 날들 속에서 너를 기다리는 것조차도 내겐 예쁘게만 느껴지는 날들이었다고.

왜

오늘이냐면

◇

결론부터 말하자면,
많이 부끄럽지만, 당신을 좋아하고 있어요.

항상 퇴근을 하면 집으로 향하는 발걸음처럼,
새벽이 다가오면 어김없이 목소리가 듣고파

당신의 번호를 썼다 지웠다 하며
얼굴을 붉혔어요.

사람들이 그러더라고요.
너무 무작정 직진하는 사람은 매력 없다고.

그래서 전 지금부터 한번 바쁜 척을 할 테니까
내일, 이렇게 해가 질 때 연락해 줄래요?

내일도 시간 되면 같이 또 노을 봐요.
그리고, 제가 연락해 달라고 했으니까,

무심한 척, 신경 안 쓰는 척하면서 연락 줘요.
내일은 더 꾸며서 웃으면서 달려올게요.

많이 춥다, 그렇죠. 오늘 같은 날은 따뜻한 집에
서 이불이나 두르고 쉬어야 하는데 말이에요.

오늘 같이 추운 날 불러내서 미안해요.
마음속에 몰래 꾹꾹 담아놓은 말들이 있었는데,
오늘 급하게 꺼내서 보여주고 싶단 생각이 들었
거든요.

왜 오늘이냐면, 오늘따라 노을이 예뻐서 이 시간
에 만나자고 연락했어요.

결론부터 말하자면, 많이 부끄럽지만, 당신을 좋
아하고 있어요. 퇴근을 하면 집으로 빠르게 가고
싶어 하는 발걸음처럼, 새벽이 다가오면 어느 때
나 다름없이 당신의 목소리가 듣고파 번호를 누
르다가 전화를 걸어야 하나, 말아야 하나 하고 고
민했었는데 이젠 우리 전화도 매일 하네요.

그렇지만 사람들이 항상 그랬어요. 무작정 직진
만 하면 그 사람은 매력 없어 보인다고.

사실 이미 매력 없어 보일지도 모르겠지만, 이제서야 이미지 관리 좀 해볼게요.

지금부터 바쁜 척을 좀 할 테니까, 내일의 해가 질 때쯤,
무심하게 연락 먼저 해줄래요?

어차피 제가 먼저 연락해 달랬으니까 제가 당신에게 진 거예요. 그러니까 부끄럽더라도 내일은 먼저 연락해 줘요.

저는 당신에게 해주고 싶은 말들이 아직도 너무나 많은데, 내일도 혹시나 해가 예쁘게 진다면, 노을이 예쁘게 물들었다면 만날래요?

내일은 더 예쁘게 올게요.

야경

◇

나는 사실 야경 그 자체가 되고 싶었던 게
아니라,
야경을 함께 빛내주는
작은 빛 같은 사람이고 싶었어

근데 내가 봤던 건 야경이 아니라
걷잡을 수 없이,
욕심내서도 안 될 은하수였던 걸까

나는 그저 저 야경 속에서 살아가고 싶었는데
이 세상은 나를 봐주지 않더라

난 빛을 내고 싶었던 사람이었는데
내게 빛이 있긴 했던 걸까,

요즘은 의문이 들어
빛이 난다면 이미 세상은 나를 봐줬을 테니까

나도 멋있는 사람이 되고 싶었는데,
앞으로도 똑같은 꿈을 꿀 수 있을까.

야, 나는 잘 사는 게 실은 아직도 잘 모르겠다. 뭐
어떻게 살아가야, 어떻게 살아야만 나중에 후회
없이 잘 살았다고 뿌듯하게 뒤돌아볼 수 있을까.

새까만 밤하늘을 밝혀주는 별들처럼, 나도 야경을 이루는 저 수없이 많은 불빛들 중에서 한 점의 작은 빛이 되고 싶었다. 하지만 내가 봤던 건 야경이 아니라 걷잡을 수도 없이 멀기만 먼, 욕심내서도 안 됐을 은하수였던 걸까.

저 야경 속에서 멋있게 살아가고 싶었다. 물론 지금도 저 야경 속에서 멋있게 살아가고 싶다. 난 빛을 내고 싶었던 사람이었는데 가끔은 그런 생각을 할 때가 있다.

"내게 빛이 있긴 한 걸까?"

이미 빛이 났었다면 세상은 나를 한 번 더 돌아봐 줬을지도 모르겠다는 의문이 들 때도 있지만 앞으로도 과연 똑같은 꿈을 지지하며 살아갈지는 모르겠단 생각을 했다.

사람들은 그때그때의 동기 부여와 달라진 환경, 바뀌는 인간관계 속에서 꿈들이 바뀌고 목표가 수정되는 게 잦기도 하니까 말이다.

그렇다고 기죽진 않는다.

가장 강력한 빛은 하늘에서 뚝 떨어지는 게 아니라 세상이 보지 않았던, 아니, 보고 싶어도 못 볼 정도로 깊은 심해에서부터 뚫고 올라오는 것이라고 했거늘.

나 말고도 거의 모든 사람들이 그럴 것이라 생각이 드는데, 당신들이 가지고 있는 뜨거운 열정을 돈으로 환산했으면 자가용 비행기 몇 대는 사고도 해치울 정도의 돈이 있었을 테니.

그러니 기죽지 말고 야경을 바라보면서 살아가세요.

모르잖아요. 야경 속에서 살아가는 사람이 될지,
빛나는 야경 속의 도시를 오히려 발밑에 두고 일
등석 비행기 칸에서 와인을 즐길 사람일지 누가
알아요.

네 웃음이
예쁜 하루가 많아졌으면 해서

◇

이 세상이 저기 저 수평선 너머에서
갑자기 멈춘다고 해도,

어둠이 한시름 너의 시간을 앗아간다고 해도,
아파했던 네게 해주고 싶었던 말은

결국 저 너머의 반대편에선 태양이 뜬다고,
뼈아픈 어둠도 작은 빛 한 줄기에 사그라든다고,

모든 연 들에게

네 아픔에 대한 그저 작은 위로 하나겠지만
네 얼굴에서 또 다른 웃음을 볼 수 있길 바랐어.

아무 일도 없단 듯이
네가 내일은 웃을 수 있으면 좋겠단 말이야.

네가 내 사랑이듯
내가 네 반듯한 빛 한 줄기가 될 마음을 알아줘.

어둠이 삼켜버린 세상이 다가와도, 나만은 어둠
의 반대편으로 네 손을 잡고 도망치고 싶었어. 세
상이 멈춰버린다고 해도, 결국은 네게 해주고 싶
었던 말이 한 가닥의 위로였다는 걸.

저 너머의 반대편에선 태양이 뜬다고,
뼈아픈 어둠도 작은 빛 한 줄기에 사그라든다고,

네 아픔에 대한 그저 작은 위로 하나겠지만, 네가 아프지 않길, 힘들어하지 않길 바라는 마음에서 나온 거였어.

사랑이 위로 그 자체였다면, 나는 너를 이미 내 색으로 물들이고도 남았을 거야. 하지만 그렇게 내 색으로 너를 물들이더라도 네가 내일은 웃을 수 있을지 가끔은 의문에 잠기곤 했어.

아무 일도 없단 듯이 네가 내일은 웃을 수 있으면 좋겠어. 내가 작은 위로를 건네도, 내 위로로 너를 칠해도, 네가 웃을 수 있다면 그 자체로도 의미 있을 거야.

네 웃음이, 네 사랑이 나를 행복하게 만들어주듯이, 내가 네 반듯한 빛 한 줄기임을 알아줘.

모든 연 들에게

내일은 우리 조금 더 웃음을 갖고 보자.

내일은 우리 조금 더 함께 웃어보자.

네 웃음이 너무나 예쁜 하루가 많아졌으면 해서.

나는
너를 뜨겁게 사랑할 테니

◇

나는 너를 뜨겁게 사랑할 테니
너는 내 사랑이 식지 않게 해줘

네 예쁜 두 손으로
네가 내 마음을 감싸주면 좋겠어

너를 향한 사랑은 잘 식지 않을 테니
내 마음을 믿어줄래?

모든 연 들에게

너를 사랑하는 마음은
절대로 닳지 않을 거야

그러니까 너는 그저
내 마음을 감싸주고 안아줘.

너를 뜨겁게 사랑하는 데엔 많은 조건이 존재하
지 않아. 그저 내가 너를 뜨겁게 사랑하면 너는 내
사랑이 식지 않게 고운 두 손으로 내 마음을 감싸
주는 것, 그게 가장 큰 조건이자 유일한 조건이지.

너에게 하나 묻고 싶은 게 생겼어.
너는 사랑이 닳는다고 생각해?

갸우뚱하면서 "너는 어떻게 생각하는데?"라며 내게 다시 재질문을 던진다면 나는 닳지 않는다고 생각한다고 대답할 것 같아.

사랑하는 사람이 내 앞에 있는데 어떻게 사랑하는 감정이 닳을 수가 있겠어. 사랑하는 감정이란 쉽게 닳지 않는 딱딱한 바위 같은 거야. 딱딱한 바위 같아서 처음부터 쉽게 너를 뜨겁게 사랑하는 만큼 급하게 데워지지도 않아, 그렇기 때문에 쉽게 식지도 않는 거지.

그러니까 쉽게 말하자면, 너를 사랑하는 마음은 식지도, 닳지도 않을 테니까 너는 그저 내 마음을 꼬옥 감싸줘.

오늘 같이 쌀쌀하고 추운 날씨에, 어제처럼 따뜻한 핫초코가 먹고 싶어지는 밤에, 내 마음이 춥지 않게, 내가 사랑하는 네가 내 마음을 감싸주면 좋겠다는 거야.

조금은 웃기고, 조금은 서툰 고백처럼 보이겠지만 역시나 언제나 하던 대로 네게 전하는 내 마음 속 작은 사랑의 조각이야.

그러니까 멍하니 서서 이 이야기만 듣지 말고, 추우니까 안아줄래?

사실은 많이 부끄러워.

유럽

◇

너의 얼굴에서 유럽이 보였다.
뭐랄까, 항상 꿈꾸던 그런 곳.

예쁨이 넘쳐흐르는 곳이라서
매번 갈 수만 있다면 가보고 싶은 곳,

로맨스가 생각나는 아리따운 풍경,
짧은 시간이 주어져도 함께하고 싶은 곳 말이야.

그런 곳이 너의 얼굴이라고,
내 마음이 바로 말해주더라고.

너의 얼굴에서 유럽이 보였다. 뭐랄까, 항상 꿈꾸던 그런 곳. 항상 가보고 싶었던, 항상 보고 싶었던 그런 느낌을 너의 얼굴에서 꿈을 꿨어.

아리따운 유럽의 풍경, 밤하늘에 비친 야경만큼 네 얼굴이 아름다웠다. 남들은 이런 걸 보고 첫눈에 반한다고 표현을 하는 것 같던데, 사실 그렇게 말하면 부담스러울 것 같으니 천천히 다가갈게.

짧은 시간이 주어져도 함께하고 싶은 유럽의 작은 마을들처럼 시간이 내게 짧게나마 주어진대도 네 얼굴을 바라보면서 머물고 싶었다. 네 얼굴에서 머물 수 있다면 비자나 더 연장하게 말이야.

아직 감정을 전달하기엔 부끄럽지만,
너의 얼굴에서 유럽을 봤어.

내가 널 꽤나 좋아하는 것 같은데,
너를 보러 해외여행을 가고 싶어진 느낌이야.

웃기겠지만 진심으로 가고 싶어졌다? 웃기지.
내일 공항으로 갈게, 시간 맞춰 나와.
유럽 그 어디든 가자.

모든 연들에게

이기적인
사랑꾼

◇

때론 내가 이기적인 생각을
하는 걸 수도 있겠지만,
그저 나를 안아주면 안 될까.

네가 힘듦을 알고 있지만,
결국 너에게 위로를 받고 싶단 생각을 했다.

이기적인 나,
이기적인 사랑꾼.

○☆◇△

혹한의 추위에서도 그저 나를 안아주라,
뜨거운 태양처럼 나를 위로해 주라,

이기적인 나임에도
미안하지만 나를 바라봐 줘라.

이기적임을 알고 있지만,
그저 나를 안아주면 안 될까.
이기적이게도 네가 힘들어하지만
네게 위로를 바랐다.

사랑한단 말로 너를 안아줬던 만큼 너도 나를 따
스하게 그저 안아줄래, 사실 꽤나 말 못 할 힘든
일들이 있었는데 말이야, 질문을 받기보단 그냥
너의 어깨에 기대고만 싶어.

모든 연 들에게

많은 일이 있었지만 그건 내일 이야기할게.

오늘은 그저 지쳐버린 나를 안아주기만 해줘.

부탁해, 이기적인 사랑꾼이라서.

청춘을
설명하자면

◇

너를 말미암아 비유하여
청춘을 설명하자면,

시린 겨울 속에서 피워낸
화사한 선홍빛의 벚꽃이었다.

결국 청춘이라 함은
떨어지는 벚꽃과 같겠지만,

모든 연 들에게

겨울을 견뎌 선홍빛을 세상에 비출 수 있었음에
네게 내 사랑을 전해야겠다.

너를 말미암아 비유하여
나를 설명하자면,

너는 내 사랑이자
뜨거운 청춘의 조각이었다.

청춘아, 너는 결국 떨어지는 벚꽃과 같겠지만.

내 앞에 있는 너를 말미암아 비유하여 청춘을 설
명하자면, 너는 코끝이 시린 겨울 속에서 피워낸
화사한 선홍빛의 벚꽃이었다. 가끔은 그 겨울에
서 너를 어떻게 피웠을까라는 생각에 잠기기도
하지만, 겨울을 견뎌 선홍빛을 세상에 비출 수 있
었음에 감사하며 이 또한 지나가리라고 생각해.

너를 말미암아 비유하여, 나를 설명하자면,
너는 내 사랑이자 뜨거운 청춘의 조각이었다.

청춘아, 너는 결국 내게서 떨어진 한 조각이 되었지만,
너는 뜨거웠던 내 사랑이었다.

내 사랑아, 그냥 네가 내 청춘이었다.
너라는 사랑이 내 청춘의 한 조각이었음을.

너라는
언어

◇

'너'라는 언어를 번역하고 싶단 생각을 했어,
너라는 사람은 내게 도대체 무슨 뜻일까 하고.

그래서 많이 생각해 봤는데,
내게 너란 언어는 마치 예쁜 글 같아.

예쁜 마음으로 들여다본 예쁜 글 같다고나 할까.

너를 보는 사람과, 너를 읽는 사람들 모두에게

사랑과 희망을 느끼게 해주는 그런 사람.
네가 예쁜 글 같은 사람이라면,

나는 그 예쁜 글 속의 예쁜 화자 할게.
너라는 글 속에서 예쁘게 살아가고 싶은.

너라는 사람이란, 내겐 예쁜 글 같은 사람이야.
나는 그런 글 속에서 어여쁜 화자로서 예쁜 글들
과 살아가고픈 행복한 사람이고.

'너'라는 언어를 번역한다면 아마 'amor eterno',
내게 날아온 어여쁜 영원한 사랑의 한 모금이지
않을까.

너의 글 속에서 영원한 사랑이 언급될 때,

그 예쁠 대상이,
그 사람이 바로 나였으면 좋겠다.

그렇담, 영원히 너의 손을 따스히 잡고 서 있을게.

강력한
힘

◇

너는 가장 강력한 힘이 뭐라고 생각해?
세상을 휘어잡을 만큼의 많은 돈?

미친 듯이 높은 명예?
슈퍼스타급의 외모?

아니, 가장 강력한 힘이란,
너 자신을 믿고 따르는,

너를 향한 신뢰야.
전혀 가능성이 없어 보이는 일이라도,

힘든 시간들이 너를 잡아먹으려 달려들어도,
너를 믿는 힘이 강력하다면

이 세상에서 너를 꺾을 것들은 없을 거야,
그러니 어떤 일이었어도 너 자신을 믿어봐.

언젠가 나도 사랑하는 사람이 생겼을 때, 그 사람
이 만약 '도전'이라는 것에 있어 겁을 내고, 두려
워하고 있을 때, 꼭 이런 말을 전하고 싶다.

가장 강력한 힘이 뭐라고 생각하냐고.

사회적으로, 물리적으로, 만질 수 있거나, 볼 수 있거나, 느낄 수 있는 것들이 아니라 네가 너 스스로를 믿는 신뢰야. 그게 가장 강력한 힘이라고.

많은 부정적인 것들이 너를 잡아먹으려 달려들겠지만, 너를 믿는 신뢰가 있다면, 이 세상에서 너를 꺾을 것들은 없을 거야.

그러니 나는 네가 어떤 일이 있어도 너 자신을 믿어봤으면 좋겠어. 세상이 무너질 듯한 우울이 너를 잠식하더라도 말이야.

내 사랑아, 너는 이 세상에서 가장 대단한 사람일 테니, 도전 앞에서 망설이지 말고, 너를 믿고 도전해 봐. 내가 항상 옆에서 지켜보고 있을게.

천문대

◇

추억들이 모여서 우리의 하늘을 밝혔다,
마치 밤하늘을 빛내주는 별처럼 말이야.

지금보다 더 많은 추억들이 모이고 모이면
저기 저 별들처럼 소중하고도 작게 빛이 날까,

별을 따다 줄 순 없겠지만,
우리가 더 예쁜 추억들을 만든다면

예쁜 별들처럼 빛이 날 거야,
그렇게 많은 별들이 보이면

가끔 우리 마음속의 천문대나 방문할까?
예쁜 추억들을 뒤돌아볼 수 있게.

사랑해, 우리의 별을.
사랑해, 너란 천문대 같은 사람을.

추억들이 모이면 예쁜 별 같대, 이런 소리 들어봤어?
가끔 기억이 나지 않을 때가 있을 수야 있겠지만
하늘을 보면 볼 수 있는 별처럼,
뒤돌아보면 언제든지 예쁘게 기억할 수 있대.

별을 따다 줄 순 없겠지만,
우리가 더 예쁜 추억들을 많이 만든다면
그런 추억들 자체가 예쁜 별이 되지 않을까?

모든 연 들에게

더 많은 별들을 선명하게 보고 싶을 때,
우리 마음속의 천문대를 방문해서
예쁜 추억들을 더 많이 뒤돌아보자.
그렇다면, 우리 사랑이 더 진해질 것 같아.

너와 함께 한 모든 추억이 소중해,
그러니 너도 나의 소중한 사람으로서 내 옆을 오래
도록 지켜줘.
네 곁은 언제나 지금처럼 따뜻했으니까 말이야.

끝내
잠들지 못한 밤

◇

끝내 잠들지 못했던 밤이 있었지만,
어렴풋이 잠들면 너를 닮은 꿈을 꾸곤 했다.

너무 예쁜 꿈인 건 짐작할 수 있었지만,
깨고 나면 내용이 기억나지 않는 꿈 말이야.

너도 그런 꿈을 닮은 사람이야.
네가 예쁜 사람이고,
좋은 사람인 걸 알고 있지만,

모든 연 들에게

결국 닿을 수 없는 꿈같은 사람.
네가 눈치챘을 수도 있겠지만,

사실 너를 많이 좋아하고 있어.
그렇지만 우린 친구니까,

주위를 맴돌며 그저 좋아하기만 할게.
어렴풋이 언젠가 마음이 서로 닿을 때가 온다면,

끝내 잠들지 못했던 밤을
나랑 함께 걸어줄래?

언젠가 누군가 겪었거나, 겪고 있을 수도 있을 이야기.
그 이야기의 화자가 내가 될 줄은 몰랐지, 나야.

가끔씩 너를 떠올리면서 잠들지 못했던 밤들이 있었다. 너를 만날 때 어떤 옷을 입어야 할까, 어떤 곳을 데려가야 할까 하고 고민도 했다. 그렇게 잠에 들었을 때 꿈속에 네가 나온 적도 있었다. 나도 처음엔 몰랐다.

"내가 너를?" 이 마음가짐이었으니.

만날 때마다 치고 박고 싸우면서도 그것조차도 나름대로 유치하지만 나쁘지 않았어. 아니, 어쩌면 싫지 않은 게 아니라 좋은 게 아니었을까.
그것 또한 언젠가부터 좋아했던 거 같아.

그래도 나, 너한테 티를 내지도 않을 거고, 어떠한 행동 또한 하지도 않을 거야. 그저 우린 지금껏 지내왔던 대로 친한 사이로 지내면 좋겠어.

그게 끝이야. 그러다가 말이야, 그렇지만 정말 어
쩌다 만약에 말이야.

서로의 마음이 겹쳐지는 순간이 생긴다면,
그런 서로의 마음이 서로 닿는 순간이 온다면.

그땐 끝내 잠들지 못했던 밤을,
같이 걸어줄래?

달이 참 예쁜 밤이야.

너를
사랑한 게 처음이라

◇

미안해, 너란 사람을 살아오면서
내가 지금껏 배운 적이 없었어.

사랑한 게 처음이 아닌,
너를 사랑한 게 처음이라 꽤나 서툴렀나 보다.

서툴게 사랑했어도
뒤돌아보면 그래도 눈부셨지?

모든 연 들에게

기억해달라고 말하지 않을게,
그저 가끔씩 나를 떠올릴 때 환하게 웃어줘.

봄바람이 불어올 때쯤엔
행복할 너의 마음도 함께 불어올 테니까.

사람을 잊어주는 것도 살면서 필요하다는데,
너는 잊어도 예뻤던 우리 마음은 간직할게.

내가 너를 사랑했지만, 이제 와서 조금 아쉬운 점은
내가 살아가는 이번 삶이 내겐 처음인 것처럼, 너를
사랑했던 것도 내겐 처음이라 풋풋하면서도 서툴렀
던 게 아쉽다고나 해야 할까, 뭐 어쨌든 그래.

풋풋하게 사랑하는 것도 그 나름의 재미와 매력이 있겠지만, 사실 내가 원했던 건너와 오래도록 사랑하는 것이었어.

미안해.
너란 사람을 살아오면서 배운 적이 없어서.

기억해달라고 구질구질하게 이야기하기 싫어.
그냥 가끔씩 떠오르면 그때 한 번씩만 웃어줘.

그렇다면야 딱히 바랄 것도, 아쉬울 것도 없을 것 같아. 아쉬운 게 없을 만큼 결국은 서툴렀지만 나 또한 최선을 다해서 사랑했었다는 거겠지. 그래서 네가 놓았던 손을 지금 내가 그리워하지 않는 걸지도 모르겠다.

그저 예쁘게 사랑했던 우리 마음만 이젠 기억할게. 서로를 기억하지 않겠지만, 서로의 마음은 기억하고 묻어두고 살아가자. 지금껏 별 탈 없이 잘 살아온 것처럼.

모든 연(緣) 들에게

2022년 8월 30일 발행

지은이　　　연청
디자인　　　포레스트 웨일
펴낸이　　　포레스트 웨일
펴낸곳　　　포레스트 웨일
출판등록　　제2021 - 000014 호
주소　　　　충남 아산시 아산로 103-17
전자우편　　forestwhalepublish@naver.com

종이책 979-11-92473-17-8